THE NOISY COUNTING BOOK

A Just Right Book

By Susan Schade and Jon Buller

Random House 🏠 New York

Early one morning
a boy went to
a pond to fish.

And **1** big frog said

GA-DUNK!

2 ducks said

WAK WAK

And **1** big frog said

GA-DUNK!

TWEET

TWEET

And **1** big frog said

GA-DUNK!

3 birds said

TWEET   **TWEET**   **TWEET**

2 ducks said

WAK WAK

And **1** big frog said

GA-DUNK!

6 mosquitoes said

BZZZ

BZZZ

BZZZ

BZZZ

BZZZ

BZZZ

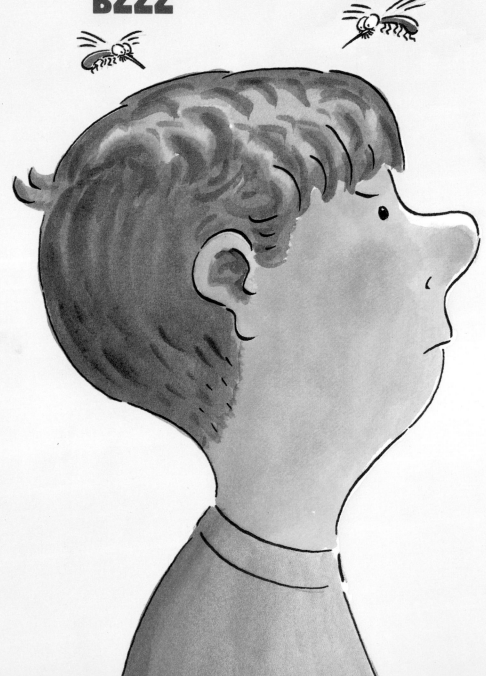

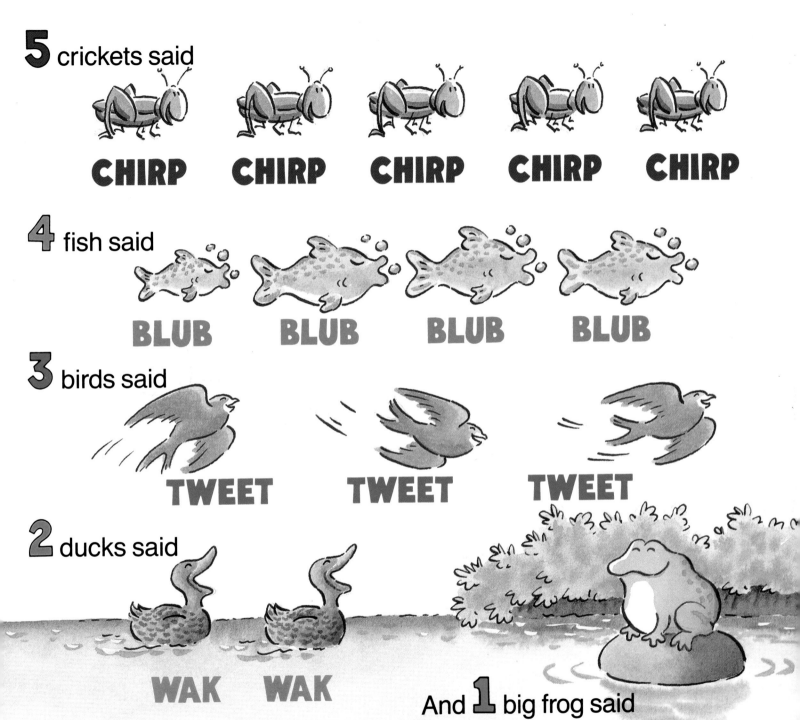

Then the boy said…

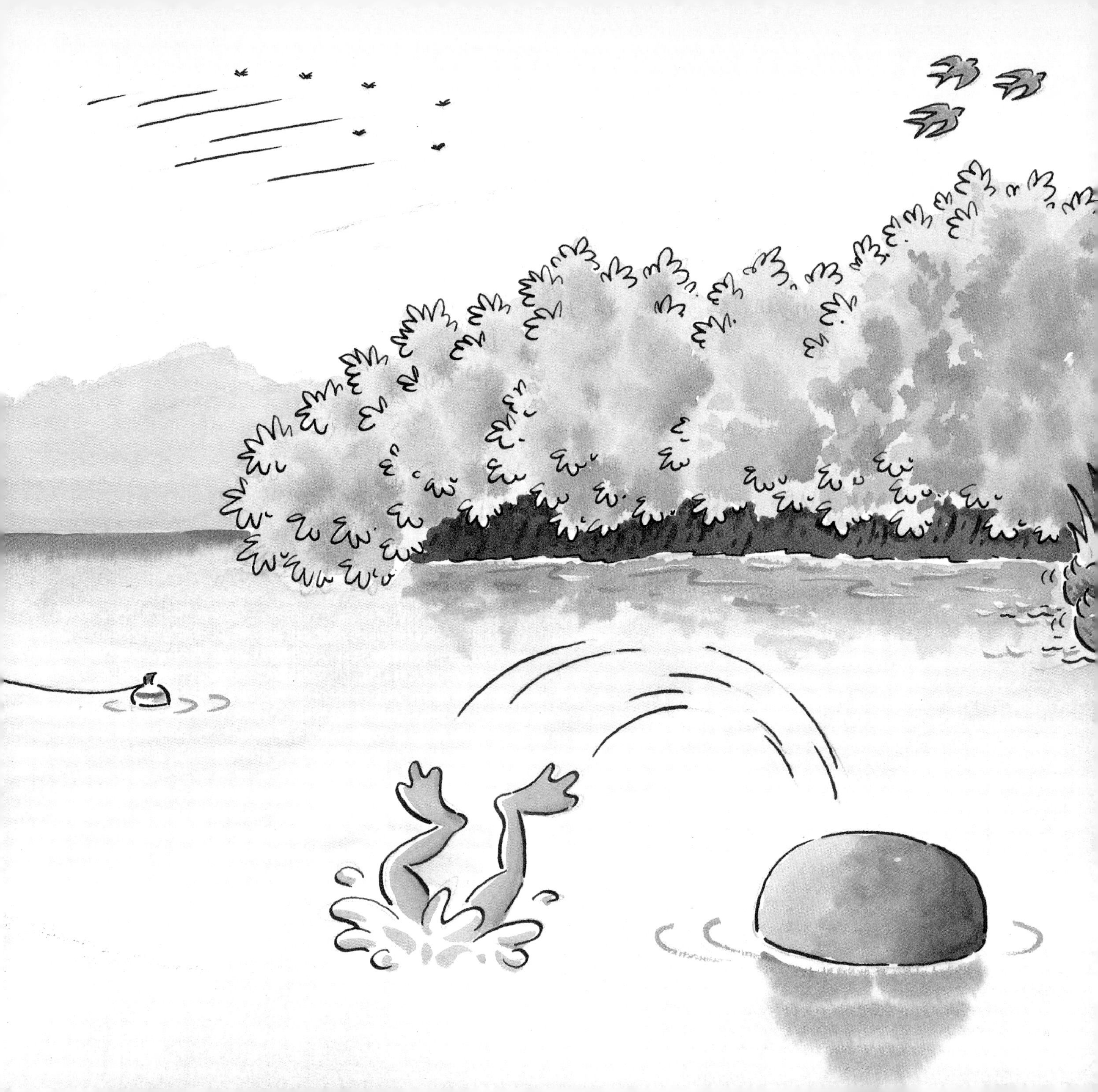

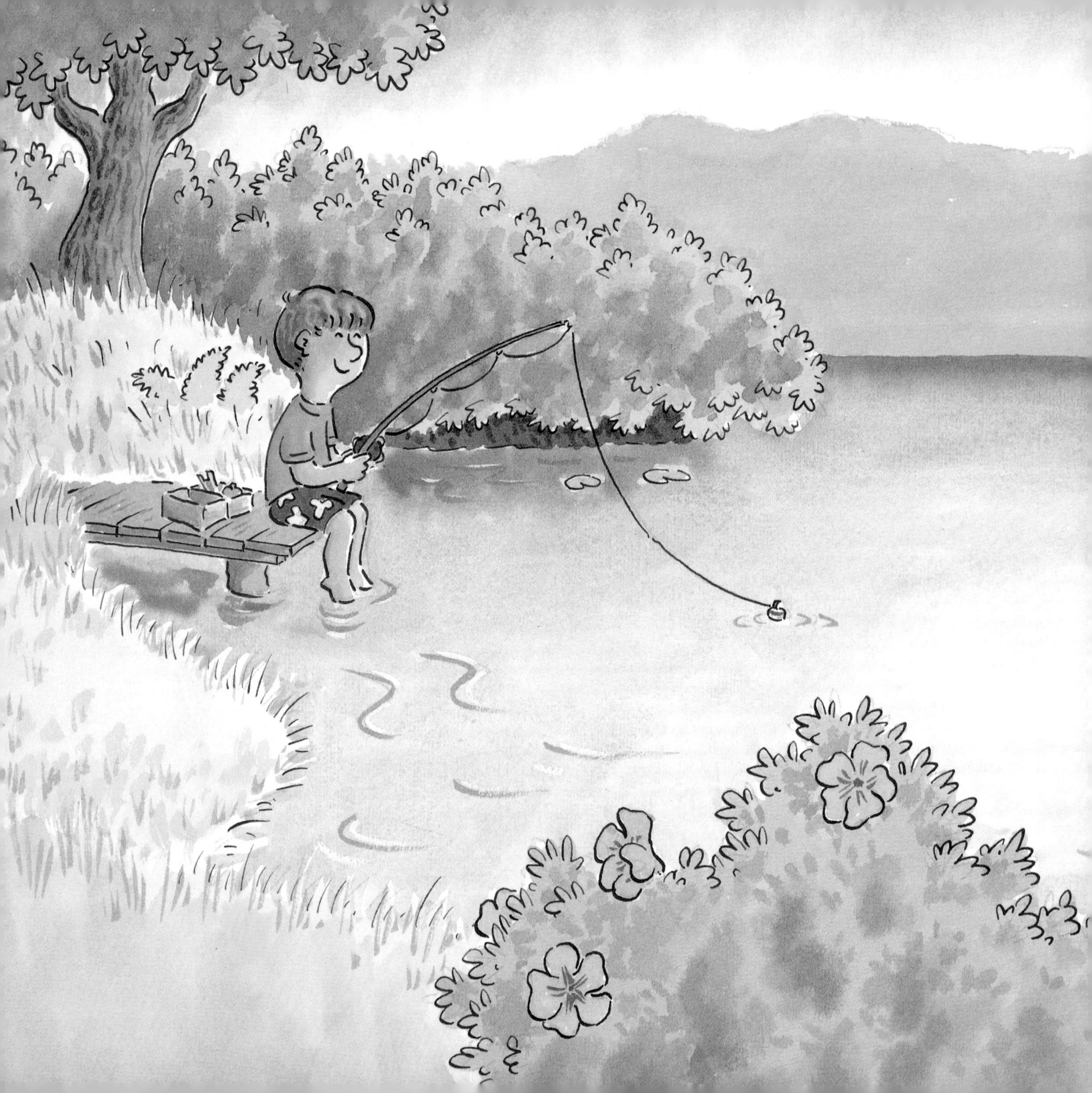

And everything
was quiet.

Until…